有三隻雞躲在雲霧中，
試著找找看吧！

怪奇漢方桃印

要不要來一份相親相愛香？

2

文 廣嶋玲子　圖 田中相

楔子

我今天看到了一個神奇的老爺爺。

他的身材看起來像雞蛋一樣，長長的鬍子綁成麻花辮，而且還染成了粉紅色。他戴了一頂很大的帽子，身上還背著一個木箱。

啊，對了對了，他的肩膀上有一隻白色又帶著淡藍色的壁虎，他走路的時候，一直和那隻壁虎開心的聊天。

那個老爺爺到底是何方神聖？

明天也會在某個地方遇到他嗎？

怪奇漢方桃印 2

目錄

桃公

仙人

本名／桃仙翁
隨著神奇的鈴聲出現的
中藥郎中。
其實他是桃源鄉最厲害的大仙人！
據說……他的年紀是幾十萬歲！
他身上背的大木箱也有祕密？!

專長：調配
可以實現各種願望
的神奇中藥。

瑪珂茉

神

十二地支／卯
溫柔的兔女神，
渾身充滿年輕活力。

堯

神

十二地支／未
羊神。雖然外形看起來
像少年，但很聰明，
精通醫學。

俐恩

神

十二地支／巳
溫柔文靜的
蛇女神，
經常在
桃源鄉唱歌。

青箕

神

十二地支／辰

在桃源鄉的清泉中生活的龍神。
雖然毒舌、愛冷嘲熱諷，
但面對桃公可能……就沒輒了？
在人類的世界，
會以壁虎的姿態現身！

專長：
打雷，引起暴風雨。

翼哲

神

十二地支／午

身強體壯的馬神，
在桃源鄉內，
他跑得最快。

神

延啟

十二地支／申

桃源鄉內身手最矯健的神，在桃源鄉時經常戴著猴子面具。

神

玖佚

十二地支／丑

高大的牛女神，
富有包容力，
內心很溫暖。

第1章 相親相愛香

「什麼！紗菜，你竟然喜歡大地？」偲舞雙眼發亮的問。

升上小學五年級，經常會聽到同學之間在竊竊私語討論「我喜歡某某同學」。聽到戀愛的話題，總是令人興奮不已。偲舞目前沒有喜歡的對象，正因為這樣，所以很愛聽別人的戀愛故事。

「所以呢？你決定怎麼辦？要向他告白嗎？」

偲舞連珠炮似的發問，讓紗菜漲紅了臉。

「噓！你、你不要說這麼大聲嘛。」

「對不起，但是我太驚訝了，沒想到你竟然會喜歡大地。為什麼？他不是很粗魯嗎？」

沒錯，紗菜喜歡的同學大地個子高大，整天和別人打架，說話也很粗魯，偲舞覺得他和文靜的紗菜並不相配。

沒想到紗菜搖著頭說：

「你錯怪他了，大地其實很善良。上次他和六年級的學長打架，也是因為那個學長欺負貓。」

「咦？是這樣嗎？」

「嗯，雖然他說話有點粗魯，卻很喜歡動物。上次……我在看《杜立德醫生》的時候，他突然主動找我說話，說他也很喜歡那本書，書裡有很多動物，他覺得很棒。那次之後……我就開始很在意他。」

「原來是這樣。」

「紗菜也太輕率了吧，這樣就能喜歡一個人。」偲舞在心裡這麼想著，一邊打量紗菜。雖然她覺得紗菜的品味有點差，但紗菜是自己的好朋友，應該要支持她才對。

「紗菜，我支持你。你打算什麼時候向他告白？到時候要不要我陪你？」

在雙眼發亮的偲舞面前，紗菜害羞得低下了頭。

「不要。呃……我現在還不要……告白。」

「你在說什麼啊，萬一大地後來變得很受歡迎怎麼辦？你要趁別人喜歡他之前趕快告白啊。」

「嗯，但是……」

「要不要我幫你跟大地說？我去告訴他你喜歡他。」

「不、不要！你千萬別這麼做，拜託你不要管這件事。」

聽到紗菜這麼說，偲舞忍不住嘟起了嘴。

偲舞覺得自己不能袖手旁觀。紗菜個性很內向，一定不敢主動告白。既然她跟自己是朋友，那麼一定要助她一臂之力才對。

但是，自己到底該怎麼辦呢？

「最理想的方法，就是大地也喜歡上紗菜，這麼一來所有問題都能解決了。不過……我不太能想像他向別人告白的樣子。」

大地是喜歡打架、熱衷採集昆蟲的搗蛋鬼，感覺他對女生根本不屑一顧。

遇到這種情況，身為紗菜的朋友，到底該怎麼幫她呢？

放學後，偲舞決定去一趟百貨公司裡的大書店，書店裡說不定會有《戀愛成功建議》這類的書籍。

走進百貨公司之前，她像往常一樣先繞去一個地方，那條通道上有一個很大的人型模特兒。

那個假人差不多有六公尺高，會根據不同的季節，分別被穿上泳衣或是聖誕老人的衣服。因為假人張開雙腳站在通道上，所以可以從假人的兩腿之間走過去。偲舞很喜歡從假人的胯下通過。

「哦，今天穿的是心形花樣的洋裝。對了，情人節快到了。」

她走過假人的胯下時，想到了這件事。

「叮鈴鈴。」

不知道是哪裡響起了鈴聲，那清脆的聲音令人心動不已。

偲舞忍不住轉過頭。

她看到身後有一位老爺爺。那位爺爺身材圓滾滾的，看起來好像一顆蛋，身上穿著淡棕色的日式工作服，長長的鬍子綁成麻花辮，而且鬍子還染成了粉紅色。他戴了一頂很大的帽子，手上拿著一個銀色的小鈴鐺。

那個爺爺叮鈴鈴的搖著鈴鐺，看著偲舞笑了笑，然後轉身邁開步伐，大步走了起來。

偲舞情不自禁跟在那位爺爺的後頭走，根本忘了自己要去書店這件事。這位老爺爺的確是在召喚偲舞，他用鈴鐺告訴她「跟

我來」。

偲舞感到好興奮，她有預感好像會發生什麼驚天動地的事。

就這樣，偲舞默默跟在爺爺的身後。

那個爺爺完全沒有回頭，身上背著的大木箱門上有把手，看起來就像是一個衣櫃，而且還刻了桃子的圖案。

這個爺爺到底是何方神聖？

偲舞感到納悶時，那個爺爺停下了腳步。

他們在不知不覺中走進了一條昏暗的小巷，雖然旁邊就是大馬路，但這條小巷內格外安靜。

爺爺轉頭對大吃一驚的偲舞說：

「妹妹，你好喲，你找我有什麼事嗎？」

這個爺爺說的話有點奇怪，偲舞聽了忍不住驚慌失措。

「啊，那個……我……」

自己為什麼會跟著這個爺爺走來這裡？爺爺一定會覺得她是個奇怪的小孩。

偲舞後悔不已，但爺爺卻露出了燦爛的笑容。

「能聽到我的鈴聲，就代表你是客人。你想要什麼藥？」

「藥？」

「對，我是賣中藥的郎中，從頭痛藥、腸胃藥，到天仙的歌聲藥和妖怪生髮藥，應有盡有，你是不是有什麼想要的藥？」

這個爺爺說話的內容也很奇怪。天仙的歌聲藥？妖怪生髮藥？她從來沒聽過有這種藥。

偲舞覺得爺爺是在調侃自己，所以差一點就生氣了，但是她想到凡事都要試了才知道，於是開口說：

「既然應有盡有……那麼，該不會也有讓人愛上別人的藥？」

「當然有喲，」爺爺很乾脆的點了點頭，「你要的是戀愛藥，我有效果超群的藥品喲。」

「真、真的嗎？」

「真的。呵呵呵，既然你想要『戀愛藥』，就代表你有喜歡的對象喲？」

那個爺爺開心的呵呵笑，偲舞忍不住紅了臉。

「不、不是，不是我，我是想為朋友找這種藥。」

「朋友？可不可以請你告訴我詳細的情況呢？」

爺爺探出身體，一臉好奇的問。

於是，偲舞把紗菜戀愛的事告訴了爺爺。爺爺聽完之後，雙眼都亮了起來。

「哇，酸酸甜甜的，初戀的感覺太美好了喲，好棒喲。」

「但是紗菜說她現在不想告白，她明明喜歡大地卻不告訴他，你不覺得很奇怪嗎？所以我想到了一個方法，那就是讓大地主動向紗菜告白，說自己喜歡她。這麼一來，他們互相喜歡就皆大歡喜啦，你說對不對？」

「是沒錯喲，」爺爺並沒有馬上點頭，「我了解狀況，也了解你的想法了。既然這樣，那就不要用戀愛藥，而是使用讓你朋友有勇氣告白的藥，你覺得怎麼樣喲？有一款『勇氣滿滿藥布』，你要不要試試？」

「不行啦，」偲舞搖頭反對，「就算紗菜告白了，也不知道大地會不會答應啊。如果大地拒絕她，她不是很可憐嗎？」

「嗯，你說得也有道理。」

「對吧？所以拜託你，既然有戀愛藥，那就給我嘛！」

偲舞在拜託爺爺時，忍不住陷入了自我陶醉。

「啊，我真是一個心地善良的人，竟然為了朋友這麼用心懇求，天底下應該沒有人比我更為朋友著想了。」

爺爺目不轉睛的看著偲舞，最後嘆著氣說：

「好喲，那我就給你藥。」

爺爺說完，放下了背在身上的木箱，從裡面拿出各式各樣的東西。

有裝了淡紅色貝殼的小瓶子，有像是枯萎的根莖，還有裝了金色黏稠液體的透明大瓶子。

偲舞覺得爺爺簡直像在變魔術一樣，不禁瞪大了眼睛。

「詛咒的蟬蛻、心動貝殼、乾燥愛蕪菁、天玫瑰香油、戀愛檸檬陳皮、結緣蕨。好，所有材料都備齊了。」

這次爺爺拿出了研磨缽，開始磨起藥材。那些材料轉眼之間就變成了細沙般的細小顆粒，而且發出了強烈的香氣。

藥粉散發出甘甜清新的香氣，聞著聞著，不由得有種心動的感覺，是非常美好的味道。

偲舞忍不住想大口嗅聞這種香氣。

不過老爺爺一把金色的液體倒進研磨缽，香氣就立刻消失了。那些香氣好像被液體吸了進去，突然就聞不到了。

偲舞很失望，不過爺爺在研磨缽中揉捏了幾下，用手把材料搓成兩個小藥丸。

「好了，相親相愛香完成了。這是能讓人彼此喜歡的藥香，還具有放鬆心情，讓人變得坦誠的功效。」

偲舞注視著丸子。這兩顆藥丸的大小都和橡實差不多大，有著淡淡的桃子色。既然說是藥香，所以這是一種薰香嗎？但是她湊近藥丸聞了一下，完全沒有聞到任何氣味。

偲舞有點疑惑的問爺爺：

「這要怎麼使用？」

「使用方法很簡單。你看，我幫你把藥香放進這個香袋裡。」

爺爺說著，把兩顆藥丸分別裝進兩個漂亮的小布袋。那是分別編織了金線和銀線的布袋，很像是神社賣的護身符。

「這樣就完成了。只要把這個交給你朋友和那個叫大地的男生就行了喲，這樣一來，藥香就會讓他們在一起。」

「但是……我完全聞不到任何味道。」

「嗯，鼻子無法聞到這種藥香喲。你可以把這個藥香想像成磁鐵，對方和自己有相同的香袋，相親相愛香的力量就可以互相吸引，讓對方覺得自己是很特別、很重要的人喲。」

「好厲害！真的這麼厲害嗎？」

「你試了就知道喲。」

「嗯，你說得對，那我來試試看。」

偲舞伸出手想接過相親相愛香的袋子，沒想到爺爺說：「你要先付錢。」

「咦？不是要送給我嗎？」

「我怎麼可能免費幫你調配中藥？我剛才就說過我是賣中藥的了。不過，你是很為朋友著想的乖孩子，所以我算你便宜一點。好，那就收你五百元。」

「……」

「價格感覺有點貴，但是為了紗菜，這是必要的花費。」偲舞很不甘願的付了錢。

爺爺對她笑了笑說：

「謝謝喲，這樣我明天早上就可以吃小倉土司的早餐喲。相親相愛香就交給你喲。」

「謝、謝謝。」

「嗯，那就再見喲。」

爺爺揮手道別後，便走出了小巷子。

小巷子內只剩下偲舞一個人，她把兩個香袋放在鼻子前用力嗅聞，還是完全聞不到任何味道。

偲舞心想：「這個藥香真的有效嗎？如果是唬人的，那我就被他騙了五百元。不不不，還是相信那個爺爺好了。」

「明天就把香袋交給他們。」

偲舞隨手把香袋放進了口袋。

隔天，偲舞一走進教室，馬上開始尋找紗菜和大地。大地還沒來學校，但紗菜已經到了。

偲舞迅速走向紗菜。

「紗菜，早安。這個送你。」

「啊，這是什麼？護身符嗎？」

「沒錯，是戀愛護身符，聽說可以讓你的願望成真，所以我買來送你。」

紗菜頓時羞紅了臉。

「謝謝你……」

「不客氣。我這裡還有另一個，是要給大地的。」

「咦？」

「你們有一樣的護身符，不是會有連結在一起的感覺嗎？別擔心，我會負責把另一個交給大地。」

「但是……大地會收下嗎？」

「我會想辦法讓他收下。你放心，這件事就交給我。」

沒多久，大地走進了教室。

偲舞立刻走到大地身旁，假裝不經意的對他說話。

「大地，早安，聽說你要參加柔道的升段考試？」

「啊？那又怎樣？這和你沒有關係吧？」

大地狠狠瞪了她一眼。偲舞很生氣，但她忍住了憤怒的情緒，笑著對大地說：

「嗯，希望你可以順利升段，這個送給你。」

偲舞說完，把相親相愛香的袋子遞給他。

「我知道你很厲害，一定可以通過考試，但還是覺得有護身符比較好，所以昨天去神社買了這個。」

「你特地為我……買了這個嗎？」

「嗯，我希望能為同班的同學加油打氣。」

「謝謝……你人真好。」

大地笑了起來。他的笑容看起來很開朗、燦爛，沒想到平時總是擺臭臉拒人於千里之外的他，竟然會露出這種好像黏人小狗般的笑容。

「啊，難道紗菜就是被他這種反差萌吸引嗎？」

偲舞大吃一驚的同時，剛才在後方張望的紗菜，終於忍不住走了過來。

「你們在說什麼？」

「哦，是紗菜啊，剛才偲舞……送了一個護身符給我……」

大地說話斷斷續續的，看著紗菜的眼神變得有點恍惚，紗菜看大地的眼神也比之前更加充滿熱情。

他們看起來像是完全進入了兩人世界。這一定是相親相愛香的作用，他們順利相愛了。

偲舞悄悄離開，並且在心裡感謝那個爺爺。

同時，她也覺得自己內心有一絲不自在的感覺。

回頭一看，紗菜和大地正開心的聊著天，還拿出自己的書給對方看。紗菜的表情看起來很高興，這樣的景象真是令人欣慰。

照理說，這應該是偲舞期待看到的情況，但是看到大地盯著紗菜，眼中只有紗菜，她的內心有點隱隱作痛。

一個星期過去了，紗菜和大地的感情越來越好，無論上學和放學都形影不離。下課休息時間，兩個人也在一起聊各式各樣的話題，即使大家調侃他們「好恩愛啊」，他們也絲毫不在意。

大地自從和紗菜變成好朋友之後，發生了很大的改變，他不再像以前一樣那麼冷漠粗暴，而且還經常面帶笑容。大家也意外的發現大地很喜歡閱讀，以後的志願是想要當獸醫。以前班上的同學都覺得大地很可怕，但是現在也慢慢和他打成了一片。

照理說，一切都很完美。

但是，偲舞卻獨自悶悶不樂。

每次看到大地對紗菜露出笑容，她就感到心痛。

「不可能有這種事，怎麼會有這麼荒唐的事？」雖然偲舞一次又一次這麼對自己說，但最後還是不得不承認——自己也喜歡大地。

如今，紗菜和大地成為班上公認的情侶，根本沒有偲舞介入的機會。

但是偲舞無論如何都無法放棄，內心漸漸湧起了不好的念頭。紗菜能和大地變成情侶，都是因為自己為他們買了相親相愛香，紗菜根本什麼都沒做。她什麼都不做卻能成為大地的女朋友，這樣未免太奸詐了。

偲舞看到紗菜開心的表情，忍不住恨得牙癢癢。

如果回到當初，自己向大地告白，大地會選擇自己嗎？凡事要試了才知道，目前的狀態太不公平了，必須恢復原狀才行。

想要恢復原狀，就必須……

偲舞終於採取了行動。她趁大家都去操場上體育課的機會，悄悄返回教室。

她跑到紗菜的置物櫃前，把紗菜綁在書包上的相親相愛香袋拔了下來。

起初她打算把相親相愛香的袋子丟掉，但後來想到了更好的主意。

既然把相親相愛香拿回來了，自己也可以運用這種藥香的力量，擄獲大地的心。

偲舞已經無法克制自己的感情，所以她把偷來的香袋，塞進自己的書包深處。

掛在書包上的鑰匙圈和護身符經常會斷掉遺失，紗菜只會覺得「啊，我的香袋掉了！」做夢也不可能想到是偲舞偷的。這樣一來，大地就會愛上偲舞。

「太完美了。」

偲舞不懷好意的笑了笑，急忙跑回操場。

之後，她不停的偷瞄大地，但大地還是和以前一樣，跟紗菜玩得很開心。

偲舞終於忍不住了，主動去找大地說話。

「大地，今天放學要不要一起回家？」

「啊？」

「我跟你說，我家有很多書。你不是喜歡看書嗎？你去我家的話，我可以借書給你。」

「不好意思，」大地露出不知所措的表情，但是語氣堅定的拒絕：「我和紗菜約好要一起回家了，而且我們還約好要一起去圖書館。對不起。」

「你不是整天都和紗菜在一起嗎？今天一天不和她一起回家也沒關係啊。」

「不行，那怎麼行呢？既然和別人約好了，身為男生就要遵守約定。」

「沒關係啦，你不要這麼死腦筋……我有話要對你說。」

「那你就現在說啊。」

「在這裡要怎麼說啊，拜託你了。」

偲舞拜託了好幾次，大地仍然沒有點頭，最後他露出不耐煩的表情站了起來。

「偲舞，你很愛糾纏不清耶，我討厭你這種人。」

說完，大地就轉身離開了。

偲舞很失望，相親相愛香似乎還需要一點時間才會失去效果。

「紗菜身上應該已經有了相親相愛香的氣味，只要等氣味完全消失，大地一定會喜歡上我。」

偲舞這麼告訴自己。

那天晚上，偲舞輾轉難眠。

「等到明天，大地就會屬於我了。啊，好期待明天的到來。」

偲舞心想。而且，偲舞也很期待看到紗菜的反應。

知道大地喜歡上偲舞的時候，不知道紗菜會露出怎樣的表情？她可能會把臉皺成一團哭出來。沒錯，她一定會放聲大哭。

即使知道會有這樣的結果，偲舞也完全不同情她，反而忍不住笑了起來。

「她這是自作自受，誰叫她自己一點都不努力，哭死算了。」

偲舞想著壞主意很開心，終於昏昏沉沉的睡著了。睡到一半時，她突然感覺到自己的身體在向下墜落，好像床突然破了一個大洞似的。

「哇啊啊啊！」

不停下墜的感覺，讓偲舞忍不住發出尖叫。

「別擔心，這只是夢。我正在做夢，所以要趕快醒過來！」

偲舞這麼告訴自己，但是她還是繼續往下墜落。

「啊啊啊啊！」

她再次放聲尖叫時，似乎撞到了某個東西。

「嗚嘰！」

隨著一聲奇怪的聲音，墜落的狀態終於停止了。

偲舞瞪大眼睛站了起來。她感覺自己從很高的地方掉下來，但是身體卻不怎麼痛，所以這代表一切都是在夢中發生的吧。

「好奇怪……真想趕快醒過來。」

偲舞捏著自己的臉打量四周。

這裡似乎是一個洞窟，但是岩壁和地面都是溼答答的紅色泥土，摸起來黏黏的。

接著，她發現有個人像被壓扁的青蛙一樣，倒在自己的腳下。等她看清楚那個人就是戴著大草帽、背著木箱，身材像雞蛋的爺爺時，偲舞忍不住大吃一驚。

「老、老爺爺？」

她急忙把老爺爺拉起來，才發現他的臉、鬍子以及身上的衣服，全都沾滿了紅色的泥土。

「好痛好痛好痛喲！這是怎麼回事？真是的！」

爺爺一邊抱怨，一邊擦掉臉上的泥土，最後終於看向偲舞。

「咦？你不是那個買了相親相愛香的妹妹嗎？為什麼會在這裡喲？」

「我才想問這個問題呢。老爺爺，你為什麼會跑進我的夢裡？」

「我才不是什麼老爺爺，我是桃公！你要叫我桃公喲。」

「好啦，隨便啦……唉，既然是做夢，真希望能夢見大地，最好是英雄救美的劇情。」

桃公目不轉睛的盯著抱怨的偲舞問：

「夢？你以為這是夢境喲？」

「當然是夢啊，現實世界怎麼可能會有這種地方？」

「妹妹……你是不是對相親相愛香做了什麼喲？是不是做了壞事，想要讓自己成為相親相愛香的主人？」

偲舞大驚失色。他怎麼會知道這件事呢？雖然有點害怕，但偲舞還是不甘示弱的頂嘴。

「這、這樣不行嗎？我仔細想了一下，紗菜完全沒有付出任何努力，卻可以和自己喜歡的人相親相愛，這樣不是很奇怪嗎？而、而且我也喜歡上大地了。」

「所以你就拿了朋友的相親相愛香袋，把它占為己有嗎？唉……」

桃公嘆了一口氣說：

「這下完了，真的完蛋了。妹妹，你這樣會無法離開這個戀愛地獄喲。」

「戀愛地獄？」

桃公對不知所措的偲舞，一臉嚴肅的點了點頭說：

「破壞別人感情的人，靈魂會墜入戀愛地獄喲。一般來說都是在死後才會來到這裡，但是你受到相親相愛香的報應，所以還沒死就墜落到這裡喲。」

偲舞對這件事一笑置之，心想：「怎麼可能會有這種事？這是在做夢，應該可以馬上離開這裡。」

但是桃公一直注視著她，臉上的表情和眼神都不像是在開玩笑。

偲舞感覺到自己的臉色越來越蒼白，無力的說：

「所以……這、這不是夢嗎？」

「這是現實喲。」

「怎麼這樣……我沒做什麼很惡劣的事，怎麼會墜入地獄！」

偲舞確實偷了紗菜的相親相愛香，但是她還沒有搶走大地，照理說應該可以獲得原諒。

「我、我還是小孩子啊，這樣未免太過分了吧！而且你為什麼沒有在一開始就告訴我？如果我早知道會這樣，就絕對不會去偷相親相愛香了！」

「因為……我做夢也沒想到，你這麼為朋友著想的人，竟然會做這種事喲。」

桃公辯解的時候，有一個白色的東西爬到了他的肩膀上。偲舞驚訝得瞪大了眼睛。

那是一隻青白色的壁虎，有著一雙漂亮的藍色眼睛。

壁虎在桃公的耳朵旁啾啾叫著，似乎覺得眼前的狀況很有趣。

桃公用力瞪了壁虎一眼。

「喂，青箕，我可不想在這裡聽你數落我！」

「啾、啾！」

「喂！你不必說得這麼難聽吧！」

「啾啾。」

「我、我知道喲，我會負起責任喲。」

桃公和壁虎用奇怪的方式討論之後，轉頭看著偲舞說：

「沒辦法喲，這次我也有錯，所以就協助你逃出這個戀愛地獄喲。」

「真的嗎？謝、謝謝你！」

「嗯，那你跟我來喲，要小聲點。」

「好，我會小聲。」

偲舞覺得只要能離開這個可怕的紅色洞窟，要她做什麼都沒關係。

她跟在桃公身後，沿著長長的洞窟走了很久，心裡一直想著，自己並沒有做什麼壞到要遭受這種懲罰的事，她甚至覺得「這一切都是紗菜的錯」。

紗菜只會撒嬌，當初自己為她這麼拚命，簡直就像傻瓜一樣。都怪紗菜當初沒有勇氣，才會害自己現在墜入戀愛地獄。

想到這裡，偲舞更生氣了。

「等我離開這裡……我就要和她絕交。」

偲舞在內心下定了決心。

戀愛地獄很悶熱，越往前走空氣就越沉重。

偲舞喘不過氣，汗如雨下，漸漸越走越累。

就在這時，他們終於走出了洞窟，來到一大片荒野。

放眼望去，荒野上既沒有樹木也沒有青草，而且寸草不生的地上有許多結晶碎片。那些碎片反射了天空的顏色，所以看起來紅紅的。

沒錯，這裡的天空也像血液一樣鮮紅，兩顆像是巨大眼珠般的滿月，不停散發著熱氣。

而且……荒野上有很多人。

偲舞看著眼前的場景，忍不住倒吸了一口氣。荒野上有男人也有女人，他們年紀各不相同，但是每個人都雙眼發亮的拚命在撿腳下的碎片，然後把撿來的碎片拿到不遠處，一個勁的努力拼湊。

偲舞發現那些人是在拼拼圖，但是他們為什麼要在這裡做這件事呢？而且他們看起來不像是在玩樂，而是拚上性命在奮力一搏，所謂的「毛骨悚然」，應該就是指眼前這種情況。

桃公小聲的告訴她：

「這就是戀愛地獄的懲罰，那些人都遭到懲罰了喲。」

「拼拼圖是懲罰嗎？」

「那可不是普通的拼圖喲。手碰到那些碎片會很痛，但是那些人都沒有停手，因為只要完成拼圖，就可以拼出離開戀愛地獄的鏡子門喲。」

「原、原來是這樣。啊……那個女人是不是快拼完了？」

年輕女人的面前，有一面圓形的大鏡子快拼完了，只差最後一片拼圖。

「太好了。」偲舞為那個人感到高興。

沒想到桃公搖了搖頭說：

「這裡是地獄喲，事情當然沒有這麼簡單喲。」

「咦？」

「你看，看守人來了喲。」

偲舞看向桃公手指的方向。

天空中有一片烏雲翩翩降落，一個肌肉飽滿的男人駕雲而來。男人的腰上圍著鮮豔的虎皮，脖子和手腕上都戴著黃金首飾，手上還拿著一根很粗的棍棒。

那個高大男人的頭……

「啊！」

偲舞忍不住發出輕聲的驚叫。

駕雲而來的不是人類。雖然牠有人類的身體，但是脖子以上竟然是馬，那是一隻馬面妖怪。

馬面男金色的鬃毛隨風飄揚，有著一雙銳利的眼睛，而且獠牙外露，一看就知道是危險人物。

偲舞嚇得縮成一團，桃公站在前面保護她，小聲的說：

「那是馬面鬼，是戀愛地獄的看守人喲，只要看到有人即將完成拼圖，牠就會從天而降。」

「從、從天而降做什麼？」

「你繼續看下去就知道喲。」

偲舞渾身發抖，注視著馬面鬼。

馬面鬼無聲無息的降落在年輕女人的身後，女人沒有發現馬面鬼的存在，正準備把最後一片拼圖放上去。

馬面鬼緊貼著女人的後背，和女人一起向鏡子內張望。

最後一片拼圖拼了上去，鏡子完成了。即使站在遠處，也可以看到鏡子沒有裂痕，完美的拼合在一起。

啊，那面鏡子發出了光芒，柔和而美麗的光芒簡直讓人心痛。偲舞知道，那是天堂的光芒，只要走進那片光芒，就可以上天堂了。

可是那個女人並沒有走向那片光芒，她慢慢倒退，臉上的表情也漸漸扭曲起來。

馬面鬼悄悄把棍棒塞到女人手上，然後小聲對她耳語。女人臉上的表情更加扭曲了。

接著，她高高舉起棍棒，打向那面鏡子。

啪啦！

尖銳的聲音響徹整片荒野，鏡子再度變成了數百片碎片，天堂的光芒也消失不見了。

女人回過神後放聲大哭，似乎是難以相信自己所做的事。

馬面鬼收回棍棒，心滿意足的乘著烏雲消失在天空中。

偲舞看得目瞪口呆，完全沒想到那個女人竟然會做出這種事。如果是馬面鬼打破鏡子，她還能夠理解，但是那個女人竟然自己葬送了難得的機會。

「桃公，為、為什麼會這樣？」

「那是馬面鬼的慣用手法，牠會讓人在完成的鏡子中看到幻影喲。」

「幻影？」

「對，就是讓人在鏡子中，看到情敵和自己喜歡的人在一起的幻影。如果看到那一幕，內心產生嫉妒就完了。因為不想看到那兩個人在一起，內心就會湧現想要摧毀的欲望，這麼一來，就會不顧一切的打破鏡子喲。」

「好過分……」

「馬面鬼巧妙的操控了罪人的嫉妒心，讓他們繼續留在戀愛地獄。俗話不是經常說，阻擋別人的戀愛路會被馬踹死嗎？這裡說的馬就是指馬面鬼喲。」

說到這裡，桃公的聲音突然嚴肅起來。

「但這一切都是自己自作自受喲，只要希望對方幸福，堅定的告訴自己不必在意這件事，隨時都可以離開戀愛地獄。」

桃公說完，看著偲舞說：

「你想一直留在這裡嗎？」

「不要！絕對不要！」

「那你就要聽仔細喲。你等一下就去那裡找鏡子碎片，屬於自己的鏡子碎片，只要看一眼就知道喲。把碎片找齊之後要馬上拼起來，記得絕對不能停下來喲。我會把馬面鬼引開，讓牠不會發現你喲。」

「你、你這麼做，不會有危險嗎？」

「不會，你不用擔心，我只是找牠下圍棋而已。」

「圍棋？」

「那個馬面鬼喜歡下圍棋，只要用我的夥伴玖佚當賭注，牠絕對不會拒絕，因為牠之前就一直在覬覦玖佚。」

「為什麼？」

「因為牠希望玖佚能來當牛頭鬼，成為牠的搭檔，但我和玖佚都不願意，所以我絕對不能輸。總之……我會努力，你也要好好努力喲。」

「我、我知道了。」

偲舞臉色蒼白，但還是點了點頭。她決定拼了，看到馬面鬼之後，她更加急切的想要逃離這裡。

桃公突然想起什麼似的對她說：

「對了，你可以帶青箕一起去喲。」

說完，他把藍白色壁虎放在偲舞的肩上。

「啊啊！」

「別怕，青箕不會咬你喲。」

「這、這隻壁虎有什麼用處嗎？」

「也許沒什麼用處喲，青箕也可能不想幫你，但聊勝於無嘛，總比一個人在戀愛地獄好多了。我去那裡把馬面鬼叫出來，你要加油喲。」

桃公快步離開了。

偲舞獨自留在原地，突然渾身顫抖起來。她發現桃公離開後，自己瞬間感到很不安。

怎麼辦？明明時間不多了，但她卻渾身無力。

「啾啾。」這時，她的耳朵旁響起了尖叫聲，是肩膀上那隻叫青箕的壁虎發出的聲音。

「小姑娘，你振作點！」

不知道為什麼，偲舞覺得那隻壁虎在這麼叫著。因為受到提醒，讓她稍微打起了精神。

「走、走吧。」

她激勵著自己，走向有許多鏡子碎片的地方。

地上無數的碎片看起來大同小異，但是桃公剛才說只要看一眼就會知道，真的是這樣嗎？偲舞不安的心跳加速、喘不過氣，連眼淚都快流出來了。

就在這時，她看到了一股淡紫色的光芒。

她大吃一驚的跑過去。其他碎片都閃著可怕的鮮紅色，就只有一片碎片不一樣，那片碎片發出了淡紫色的光芒。

一定就是這個，這個碎片可以讓她拼出離開戀愛地獄的鏡子。

偲舞高興的伸手去撿碎片。

沒想到，當她準備撿起碎片時，手上傳來一陣劇痛。

她急忙把手縮回來，看著自己的指尖。雖然沒有流血，但是手指好像被刀割過般疼痛。她想起桃公剛才也說過「手碰到那些碎片會很痛」，沒想到竟然會這麼痛。

但是，再痛也必須撿起來。如果沒有蒐集到足夠的碎片，就無法離開戀愛地獄。

偲舞屏住呼吸，再度伸手撿起碎片。

「好痛。」

雖然痛得眼淚都流了下來，但她還是忍痛把碎片撿起來。把碎片撿起來之後就不怕了，因為不會再感覺疼痛。

偲舞稍微鬆了一口氣，邁出步伐尋找下一片碎片。

一片又一片，她接連找到了淡紫色的碎片，但每撿起一片，就像是在遭受酷刑。她覺得自己的雙手都快廢了，淚水不停的流，但是即使淚流不止，她仍然繼續蒐集碎片。

這時，肩膀上的青箕又啾啾叫了起來。

「可以了。」

偲舞好像聽到青箕對她這麼說。

偲舞看著自己臂彎中的碎片。不知不覺間，她已經蒐集了許多碎片，這個數量的確已經足夠拼出一面鏡子了。

她鬆了一口氣，走向地面沒有碎片的地方，然後把自己撿來的碎片排放在光禿禿的地上。

「好，我要開始拼了。我最會拼圖了，一定很快就能完成。」

她全神貫注的仔細看著碎片。先看清楚缺角的形狀，再把形狀吻合的碎片放在一起，這樣就能盡量減少碰到碎片並且完成拼圖。偲舞先從特殊的形狀開始著手。

當正確的碎片拼在一起時，連結的部分就會完美吻合成一個平面。

偲舞漸漸拼出一面圓形的鏡子。

但是，她的手已經痛到無法忍受，就連骨頭都麻痺了。她好想休息，好想把手浸在冰冷的水中。

「嗚嗚……」

當她忍不住蹲下來的時候，青箕從她肩膀上跳了下來，舔了舔她的手，她頓時覺得疼痛緩和了不少。

偲舞的手像是擦了效果超強的藥，一下子就不痛了。

她看著青箕說：

「謝謝你……」

「啾。」

青箕似乎對她露出了笑容。太不可思議了，明明是一隻壁虎，竟然好像聽得懂人話。

偲舞又打起了精神，再度開始拼湊鏡子。她拿起碎片時雖然還是會痛，但是疼痛的程度比剛才減少許多，就像青箕對她的手施了魔法一樣。

「既然有魔法，為什麼不一開始就用在我身上呢？」偲舞這麼想著。

雖然她有點不滿，但還是繼續拼碎片。

終於，只剩下最後一片了。

偲舞的眼眶中含著淚水，把最後一片碎片拼在鏡子上。只聽到嗶嘰一聲，鏡子完成了。整面鏡子上沒有任何裂痕，也沒有缺少任何一片，表面看起來光滑平整，是一面很美的鏡子。

「好了，快點快點，門啊，趕快打開吧！」

鏡子像是在回應偲舞的祈禱，慢慢綻放出光芒。

「來了，來了來了！」

一定要在馬面鬼發現之前，走進這片光芒中。

但是，正當她想要踏進光裡的時候，聽到鏡子中傳來了笑聲。

偲舞驚訝的看著鏡子，裡頭映照著紗菜和大地相親相愛走在一起的模樣。

「為什麼會這樣？難道馬面鬼已經來了嗎？所以我才會看到這種幻影？」

她急忙回頭張望，但是身後什麼人也沒有。

「為什麼會看到這些幻影呢？不對，我不應該在意這種事，也沒有時間在這裡磨蹭了，得趕快閉上眼睛走過去。」

偲舞用力閉上眼睛，朝著鏡子踏出一步。

「對了，我要跟你說關於偲舞的事。」

聽到大地的聲音，偲舞忍不住睜開了眼睛。她看到鏡子中的大地正在對紗菜說話。

「偲舞怎麼了嗎？」

「嗯，她經常來煩我。明知道我和你約好了，今天還一直要我放學和她一起回家，我覺得很噁心，我討厭她。」

聽到自己喜歡的男生說自己的壞話，這個殺傷力強大到讓偲舞忍不住搖晃了一下。即使知道這是幻影，內心的憤怒和悲傷仍然讓她頭暈目眩。

「沒想到大地竟然會說這種話。」偲舞用力瞪著走在大地身旁的紗菜。

「這一定是紗菜搞的鬼。她八成經常在大地面前說我的壞話，所以大地才會討厭我。這個人太卑鄙了！她已經完全得到了大地的心，竟然還要說我的壞話。」偲舞憤怒的想著。

紗菜的臉越看越討厭，真希望那張臉立刻從自己的眼前消失。

偲舞無意識的蹲了下來，撿起腳下的石頭，完全沒聽到青箕發出警告的叫聲。

正當她打算把石頭丟向鏡子的時候——

「你不要說這種話。」

她聽到一個毅然決然的聲音。

是紗菜。她難得露出可怕的表情，惡狠狠的瞪著大地。

「你明明知道偲舞是我的好朋友，竟然還說她很噁心，真是過分。偲舞是心地很善良的人。」

「但是……」

「即使是你，我也不准你說偲舞的壞話。」

紗菜說完，便一個人快步走了起來。大地急忙追上她，安撫她說：「對不起，我以後不會再說這種話了。」

偲舞一動也不動的看著他們，原本握在手上的石頭則掉落在地上。

紗菜剛才為偲舞說話時，聲音中充滿了怒氣。她那麼喜歡大地，卻為了偲舞駁斥大地的話。

偲舞感覺內心湧起了一股暖流，澈底帶走她心中的嫉妒和憎恨。

「紗菜……對不起。」

當她回過神時，才發現自己很自然的說出了這句話。

鏡子中的紗菜和大地一轉眼就消失了，取而代之的是比剛才更加燦爛的光芒。

偲舞感受著神聖而美麗的光，就這樣走進鏡子之中。

偲舞回過神時，發現自己站在房間內，肩膀上的青箕不見了，也沒看到桃公的身影。

她試圖告訴自己剛才發生的事都是夢，但是指尖上沾到的紅色泥土，讓她忍不住吃了一驚。

「那不是夢！是真實發生的事！」偲舞臉色發白，當場癱坐在地上。

她用力做了幾次深呼吸，心情才稍微平靜下來。既然回到了自己的房間，就代表她已經逃離了戀愛地獄，也就是說，現在已經沒事了。

想到這裡，她又忍不住為桃公擔心起來。

桃公平安無事嗎？青箕也回到這個世界了嗎？不對，他們一定不會有問題的。要是以後有機會看到他們，一定要向他們道謝，還要請他們吃天下無敵好吃的小倉土司。

她還要向另一個人道謝。

「紗菜……」

多虧有紗菜，偲舞才能順利回來。

如果當時紗菜沒有為偲舞仗義執言，自己一定會用石頭砸破鏡子。明天在學校遇見紗菜，要向她坦承自己偷了她的相親相愛香袋，也要告訴她自己喜歡上大地的事，然後要好好向她道歉。

「奇怪？」

偲舞現在即使想到大地，內心也不會小鹿亂撞了，之前她那麼喜歡大地，如今這種感覺卻完全消失了。

看來她在離開戀愛地獄的時候，也把戀愛的心留在那裡了。偲舞對此鬆了一口氣，因為她現在終於可以發自內心聲援好朋友的戀愛了。

同時間，壁虎青箕一動也不動的攀爬在黑暗中的路燈上。路燈發出滋滋滋的聲響，燈光變得更加明亮，接著，桃公圓滾滾的身影冒了出來。

「呼，真是累人，沒想到這次對弈耗了這麼長的時間。青箕，讓你久等了喲，你那裡的情況怎麼樣？」

「啾。」

「是嗎？那個妹妹得救了啊。太好了，小小年紀就去戀愛地獄，未免太可憐了喲。」

「啾？」

「嗯？哦，圍棋當然是我贏了，而且還得到了馬面鬼的馬鬃。」

桃公炫耀著手上那把金毛，笑得很開心，然後突然壓低嗓門說：

「但是老規矩，千萬不能告訴玫佚喲。如果她知道我用她當賭注，一定會很生氣喲。」

「啾咿。」

「啊啊，你說什麼？那是什麼意思喲？你該不會想要告密吧？別這樣，青箕！這樣太卑鄙了！」

「啾啾咿。」

「呃……好、好喲，那你想要什麼？咦？你想去迪士尼樂園？不行，已經去過六次了！那裡人太多，根本不能好好玩！光是走在園區裡，就會被人一直詢問是不是哪部電影裡的角色，還會被人不停拍照。」

「啾咿，啾啾。」

「等、等一下，你等一下喲！好吧，我帶你去喲。」

「啾咿！」

「早知道會這樣，就把你留在桃源鄉喲。真是太過分了喲。」

桃公把一臉得意的青箕放在肩上，一路嘀嘀咕咕的消失在黑暗深處。

桃公的中藥處方箋之1

相親相愛香

用法及用量

戀愛的兩人各拿一個香袋，隨時帶在身上。

作用與功效

具有讓人彼此喜歡的力量，也有放鬆心情，讓人變得坦誠的功效。

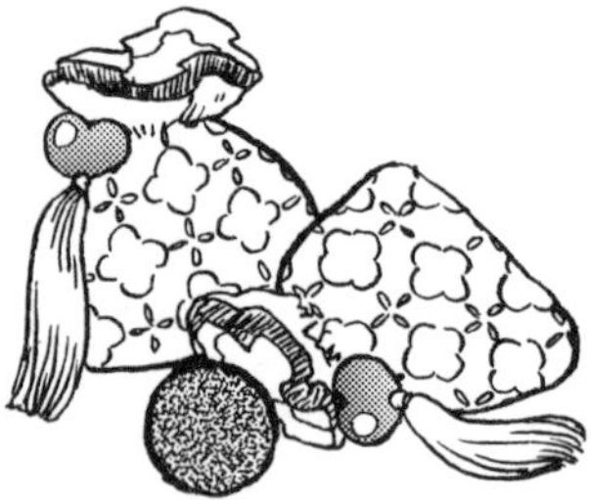

使用注意事項

千萬不能搶走別人的相親相愛香，否則會因為報應墜入戀愛地獄。

第2章 鬼角丸

彰二感覺到自己的身體顫抖不已，他想往前走卻無法邁開步伐，只能站在原地無法動彈，為自己的膽小感到沮喪。

「振作一點！我不是膽小鬼！」

彰二激勵自己，再度看向前方。眼前長長的吊橋一直延伸到遠方。

這座架在兩座山之間的吊橋有三百九十公尺長，而且高度是日本第一，往下看的時候會覺得頭都暈了起來。

彰二再度感到害怕，用力閉上了眼睛。他發自內心感到後悔，早知道就不要來這裡了。

目前正在放暑假，彰二全家人一起開車出門旅行。既然要出門，乾脆就去遠一點的地方走一走，於是他們決定來挑戰全日本最高的吊橋。

彰二坐在車上的時候，也很期待走吊橋，還和哥哥宗一說好要比賽，看誰先走到另一邊。

沒想到親眼看到吊橋時，才發現吊橋很大又很可怕，而且山谷的風很強，吊橋不停上下搖晃，站在橋上跟著搖晃簡直都快要吐了。

彰二沒走幾步就停下了腳步，決定放棄。

「趕快過來，不然要把你一個人留在這裡囉！」

「彰二，不用怕，你絕對不會從吊橋上掉下去。」

家人說的這些話也讓彰二感到屈辱，他的臉一直紅到了耳根。

「好啊，你們自己去，我留在這裡等你們！」

「那……媽媽也留下來陪你，好不好？」

「不用啦！你們快走吧，我去那間商店買果汁喝。」

彰二聽到哥哥小聲的罵他「膽小鬼」，忍不住火冒三丈。但是，不管再怎麼生氣，他仍然無法向前邁開步伐。

看到彰二鬧彆扭、氣鼓鼓的轉過身，爸爸和媽媽無可奈何的嘆著氣說：

「好吧，那我們去去就回。」

「我們馬上就回來，你在那裡等著，不要亂跑喔。」

爸爸和媽媽說完便走上吊橋，這時候哥哥宗一早就走到很前面去了。

看著家人漸漸遠去的身影，彰二忍不住咬著嘴唇。

沒想到他們真的就這樣走了。雖然彰二不希望因為自己的關係，讓其他家人不能去玩，但家人真的把他留下來，也讓他感覺很不是滋味。

淚水從彰二的眼中流了下來。他好氣把自己留在這裡的家人，還有眼前這個又高又長的吊橋，但是最令他生氣的是「不敢走吊橋的自己」。

「可惡！可惡！」

彰二邊罵邊走向商店，但是卻越想越不甘心。

哥哥回來之後，一定會一直用這件事嘲笑他。

「彰二，你真可憐，最後還是不敢走吊橋。好吧，我以後就叫你膽小鬼。」

哥哥嘻皮笑臉的表情和瞧不起人的說話聲，鮮明的浮現在彰二眼前，讓他不由得臉色發白。這種情況絕對不能發生，還是去走吊橋，追上其他家人吧。

「啊，對了！」彰二突然想到了一個好主意。

根本不需要老老實實的走吊橋，只要想辦法抵達對面那座山就行了。既然這樣，彰二只要走下這座山，再爬上對面那座山就搞定了。

大家一定會慢慢的走吊橋，因為吊橋上人很多，橋又搖來搖去，就連媽媽走起路來都搖搖晃晃。自己只要在他們走吊橋時，一口氣衝下這座山，然後跑過山谷，再衝上對面那座山就行了。

他越想越覺得這是一個好主意。

「總之，時間不多了。既然要做，就必須馬上採取行動。」彰二心想。

彰二衝進吊橋斜坡上那片鬱鬱蒼蒼的樹林中。

但是……斜坡上既沒有路也沒有階梯，彰二不知道上山下山是多麼困難的一件事。

樹木擋住了他的去路，坡度太陡的地方也必須繞道而行。

等到好不容易來到谷底，他的所在位置已經偏離吊橋太遠了。

「慘、慘了，我可能耗費太多時間了。」

即使如此，彰二也沒有輕言放棄。他穿越谷底，前往對面的那座山。

但是，這座山的斜坡也很險峻陡峭。

他拚命邁步前進，呼吸卻越來越急促，簡直有點喘不過氣了。

彰二終於決定要休息一下。他在草叢中深呼吸時，突然聽到了撥開草叢的沙沙聲。

是山裡的野生動物嗎？彰二屏住呼吸，悄悄走向聲音傳來的方向。

他看到一個老爺爺和自己一樣，正沿著斜坡爬上山。那個爺爺的身材好像一顆雞蛋，看起來有點奇怪。他頭上戴著一頂大草帽，身上背著一個木箱，綁成麻花辮的鬍子還染成了粉紅色。

那個爺爺似乎在趕路，沿途一直自言自語。

「我遲到了，要走快點喲……嗯，如果不走捷徑，恐怕就趕不上喲。」

彰二聽到爺爺的嘀咕，突然恍然大悟。

這個爺爺一定是本地人，只要跟著他走，就能走捷徑了。

一想到這裡，彰二急忙跟在爺爺的身後出發，沒想到一路上也不輕鬆。那個爺爺走得很快，雖然他身材圓滾滾的，快步爬上斜坡的腳步卻很輕盈。彰二在後面拚命追趕，以免自己跟丟了。

然後，他看到那個爺爺經過一座小橋，走進了對岸的樹林。

彰二上氣不接下氣，在走到橋頭時停下了腳步。

那座橋很小，雖然說是橋，但其實只是把一根粗大的原木架在小河上而已。仔細觀察，會發現原木上雕刻著神奇的圖案，所以這座橋一定是有人搭建的——這意味著他很快就會走到人多的地方，也就是剛才那座吊橋的對面。

彰二急忙走過那座橋。雖然原木做的橋很不好走，但是橋身不會搖晃，所以和吊橋完全不同。彰二忍不住憤恨的想，如果那座吊橋也不會搖晃就好了。

總之，他走過了原木橋。雖然那個爺爺已經不見蹤影，但是接下來只要往上走就行了吧。

彰二一心想著要趕快追上家人，所以再度沿著斜坡上山。不過這座山比剛才那座山更陡峭，樹木和雜草也很茂密，沿途都很不好走。

彰二越走越不安，心想著：

「怎麼回事？這座山有點可怕，樹木好像都在盯著我，剛才那座山完全沒有這種奇怪的感覺。不不不，不可能會有這種事。我知道了，一定是草的氣味太強烈，才讓我覺得很不舒服。」

彰二終於停下腳步，因為他不想繼續爬這座山了。他第一次覺得「算了」，即使被哥哥嘲笑是膽小鬼也沒關係，先回去剛才的地方再說吧，這樣做絕對比較好。

沒想到——

彰二回過頭時忍不住大吃一驚，因為他完全看不到剛才的路。樹木鬱鬱蒼蒼，雜草密密麻麻，擋住了所有的視野。

撲通撲通，他的心臟用力跳了起來。

萬一回不去怎麼辦？不對，自己又不是幼兒園的小朋友，不可能會迷路。對了，搞不清楚方向的時候，最好的方法就是問路，剛才那個爺爺可能還在附近。

「喂、喂！這裡有人嗎？」

彰二克制著內心的不安，大聲叫了起來。他叫了幾聲就閉上嘴巴、豎起耳朵。這時，他聽到遠處的樹林裡傳來了聲音。沒錯，那是人的聲音。雖然聽不到那個人在說什麼，但是有人在那裡。太好了，得救了，他已經受夠自己一個人了。

彰二急忙跑向樹林，發現剛才那個奇怪的爺爺蹲在那裡。爺爺發出痛苦的呻吟。他臉色蒼白，臉上和手上都浮現了綠色的斑點。

彰二大驚失色，那個爺爺似乎也嚇了一跳。他一看到彰二，立刻瞪大了眼睛。

「人、人類？不會吧，你、你在這種地方幹什麼喲？」

即使爺爺說的話有點奇怪，彰二也不知道該怎麼回答。他的腦袋一片混亂，即使想說話，也什麼話都說不出來。

爺爺搖搖晃晃的站了起來，打開身上背著的木箱，在裡面翻找起來。

「不趕快不行喲，這樣未免太危險喲。」

「危、危險？」

「這裡是妖怪的領地喲！人類闖進來就糟了喲！」

彰二聽到爺爺慘叫般的聲音，頓時嚇得背脊發涼。

「這個爺爺腦袋有問題，我得趕快逃走。」彰二這麼想著。

但是他一後退，那個爺爺立刻就抓住了他的手，雙眼露出銳利的光芒。

「放、放開我！放開我！」

彰二想要把爺爺的手甩開，但是爺爺的力氣比他想像得更大，爺爺非但沒有放手，反而把某個東西塞進彰二手裡。

「快、趕快，趕快把它吃下去！趕快吃下去！」

「為、為什麼？」

「萬一被妖怪看到會出大事喲！啊，真是的！我已經很不舒服了，不要再要求我詳細說明了喲！這是為了你好，趕快吃下去！」

這時，大地發出顫抖。

從山上吹下來一股陰風。

彰二內心突然產生了莫名的恐懼。

「這是怎麼回事？感覺好像很不妙。這個爺爺的臉色比剛才更蒼白，該不會真的要出事了吧？是不是乖乖聽他的話比較好？」

爺爺似乎對彰二感到很不耐煩，突然大叫了一聲：

「青箕！你可以咬他喲！」

彰二頓時感到指尖疼痛不已。低頭一看，有隻青白色壁虎咬住了他的右手食指。

「啊！」

彰二用力甩手，張嘴發出尖叫。爺爺趁著這個機會，把一個又小又圓的東西塞進他嘴裡。

因為事出突然，彰二忍不住把東西吞了下去，然後立即感覺到一陣頭痛。

「好、好痛！」

「沒問題喲，疼痛很快就會消失喲。」

「怎、怎麼回事？我根本什麼都沒做！」

「你不該來這裡喲。你現在頭應該不痛了，趕快跪下來，公主很快就駕到了喲。」

「公、公主？」

就在這時，樹木突然向兩側移開。照理說不可能移動的樹根移動了，地面騰出了一條道路，有群奇怪的狐狸從道路遠方靜靜走來。

那些狐狸穿著用樹葉做成的衣服，而且用後腿站著走路，身上的毛紅得像燃燒的火焰，毛茸茸的尾巴長得驚人。牠們抬著一頂用鹿角做成的轎子，轎子上坐著一隻像雪一樣白的小狐狸。

白狐狸的耳朵上戴著金色鈴鐺耳環，看起來很優雅，一看就知道身分很高貴。彰二馬上就猜到了，那隻狐狸就是爺爺剛才說的「公主」。

或許是有了心理準備，即使轎子在他們面前停下，白狐狸親切的和爺爺說話，彰二也完全不驚訝。

「哦，桃大人，原來你在這裡，我找了你老半天。」

「白穗公主，很抱歉喲。我身體有點不舒服，所以走得有點慢喲。」

「這樣啊，你的氣色的確不太好，沒事吧？」

「是、是，沒問題，我馬上就會去看病喲。在去看病之前，我打算先把公主要的東西送來喲。」

「你已經調配好了嗎？」

「當然喲。」

白穗公主探出身體，雙眼露出欣喜的光芒。爺爺恭敬的把一個小瓶子遞給牠，瓶子裡裝了濃稠的銀色液體。

「喔喔喔！這就是傳說中會讓毛皮更富有光澤的藥——月光水嗎？我期待很久了！」

「我之前就和公主約好了，會趕在您婚禮之前調配完成喲。」

「桃大人，我相信你會遵守約定。嗯，太感謝了，我身上的毛以後會更漂亮、更有光澤。」

「我可以保證絕對有效喲，而且也保證新郎官一定會更迷戀公主。每天喝一次，只要喝一小口就夠喲。」

「我知道了，那我就心存感激的收下。對了，我也要把約定的東西給你。」

白穗公主向隨從紅狐狸點了點頭，那隻狐狸馬上拿出一個小袋子交給爺爺。

「哎喲，這麼多，我真的可以收下嗎？」

「當然啊，我聽說月光水很難調配，所以想回報你的辛苦。這是我們妖狐家族栽培的藥草——狐向日葵的種子，桃大人請儘管拿去用。對了……」

白穗公主突然轉頭看向彰二。狐狸細長的眼睛盯著他看，讓彰二抖了一下。

「那個小鬼是桃大人帶來的嗎？我以前從來沒有在這座山上看

過他。」

「對，正是喲。」

爺爺毫不猶豫的回答。

「他的打扮看起來很像人類……就連身上也有人的氣味。」

「那是理所當然喲，因為我會帶他一起去人類的世界喲。為了避免被人類識破，所以要變裝一下。」

白穗公主聽了爺爺的話，似乎終於接受了，放心的嘆了一口氣。

「是嗎？那就好，我還擔心是人類闖進了這裡。」

「不可能有這種事喲。」

「你說得對，更何況人類不可能長出這麼漂亮的角。呵呵呵，可能是因為快舉辦婚禮了，我也變得格外敏感。」

「這種時候，可以喝蒲公英和橡實的蒸茶喲。」

「謝謝你的建議，我回去之後就喝。桃大人，那麼，我就先告辭了。」

「好的，期待公主再度惠顧喲。」

在白穗公主的示意下，那些狐狸又靜靜的走了起來。牠們每走一步，剛才移動到兩旁的樹木便移回原來的位置，好像拉起了一道綠色簾幕，轉眼之間，就看不到那群狐狸了。

彰二癱坐在地上。直到現在，他才感覺到害怕。

狐狸會說話，樹木會移動。這個樹林到底是怎麼回事！這裡絕對有問題。

彰二把手放到額頭上，準備擦去噴出來的汗水，但是卻愣住了。

他的額頭中央好像長了什麼東西，那個東西又硬又長，而且前端尖尖的。他急忙想把那個東西拿下來，但是那個東西就像是用黏膠黏在額頭上似的，根本拿不下來。他用力拉扯，頭蓋骨卻傳來一陣刺痛。

彰二驚慌失措的大叫。

「我、我的額頭上黏、黏到了什麼東西！」

「咦？哦，你現在才發現喲。那不是黏到了什麼東西，而是真的長在你額頭上喲。」

「長、長在我額頭上？」

「嗯，百聞不如一見，你可以自己看一下喲。」

爺爺從懷裡拿出一面小鏡子交給他，彰二膽戰心驚的朝鏡子裡看了一眼。

「啊！」

他忍不住放聲尖叫。

彰二額頭正中央長了一根黑色的角，那個角足足有二十公分長，寬度比大拇指還要粗。

這個樣子簡直就像是獨角仙。彰二嚇得臉色發白。

「為、為什麼會長這……」

「那是因為我剛才讓你吃了鬼角丸喲。」

「鬼角丸？」

「你要好好感謝我喲，那個藥丸很珍貴，而且是最後一顆了。

唉，我又要蒐集很多藥材，才能再調配出鬼角丸了。」

爺爺不滿的嘀咕著，彰二也忍不住生氣的質問：

「你、你為什麼要讓我吃那種東西！」

「那是為你好喲，」爺爺平靜的回答，「這座山是妖怪的地盤，如果你保持人類的模樣，一定會被白穗公主抓走喲。即使有辦法從公主手上逃走，也會馬上被其他妖怪抓去，後果肯定不堪設想。為了避免這種情況，我才讓你長了這個角喲。」

「但是……這、這個樣子我沒辦法回家。」

「不必擔心喲，你只要再吃名叫鹿落丸的藥，這隻角就會像鹿角一樣，自然脫落掉下來。」

「那你趕快把藥給我！」

「我說啊……你這是拜託別人的態度嗎？」

「對、對不起。爺爺，拜託你，請你把藥給我，叫我做什麼都沒關係！」

「我討厭別人叫我爺爺，請叫我桃公喲。我把鹿落丸放到哪裡去了？等等喔，我記得好像在這個抽屜……」

桃公正打算打開木箱的門，身體卻用力搖晃了一下。

「爺……桃公，你怎麼了？」

「我已經……撐不下去……」

桃公用沙啞的聲音擠出這句話，然後整個人倒在地上。他皮膚上的綠色斑點好像汙漬一樣擴散，就像身上長滿了苔蘚。

「哇啊啊！桃、桃公，桃公！現在該怎麼辦？來、來人啊，救命啊！」

彰二活到這麼大，第一次拚命求救。

這時，他聽到一陣叭嘰叭嘰的聲音，一個身穿黑色和服的老婆婆從樹叢裡衝了出來。

這個老婆婆一看就知道非比尋常。首先，她的體型很高大，身高差不多是大人的一倍以上，而且手上和腿上的肌肉飽滿結實，一頭白色長髮好像獅子的鬃毛一樣蓬鬆。最可怕的是，她的嘴裡露出了兩根宛如山豬的獠牙。

看到長得和繪本上的食人婆婆一模一樣的老婆婆，彰二嚇得腿都軟了。

但是老婆婆完全沒有把彰二放在眼裡，她瞪大了雙眼看著桃公。

「你這個蠢貨原來在這裡，害我找了老半天。這次我不會再讓你逃走了，因為你是我的。」

老婆婆發出狂笑，伸出大手把倒在地上的桃公抓了起來，然後輕輕鬆鬆的把人扛在肩上，並且用另一隻手抓起桃公的木箱。

老婆婆邁開步伐，她每走一步，地面就跟著抖動，就這樣消失在樹叢後方。

周圍再度安靜下來，但是彰二卻僵在原地無法動彈。

怎麼辦？桃公被綁架了，而且還是被一個極其可怕、像巨人一樣的老婆婆綁架。要求救嗎？但是就算自己順利下了山，警察會相信這種事嗎？總而言之，現在情況很不妙，而且自己的額頭上還長著一隻角。

彰二再次輕輕的摸了摸額頭，他很希望那是一場夢，但是自己的額頭上真的長著一隻角。即使他想把角拔下來，那隻角也紋風不動。這件事他沒辦法自己解決，必須要有桃公的解藥才行。

「他應該在被綁架之前，先把解藥交給我才對……」

正當他嘀咕著沒出息的話時，傳來了一陣窸窸窣窣撥動樹枝的聲音。

又有妖怪出現了嗎？彰二急忙想躲到樹的後方，但是一個矮小的身影已經蹦了出來。

那個男生看起來比彰二年紀小，差不多六歲左右，腰上圍著鹿皮，頭髮呈現漂亮的紅色色澤，他還有一雙像貓咪一樣的大眼睛。男孩頭部的兩端隆起了一小塊，好像長了兩顆瘤。

不對，那不是瘤，而是角。

這個孩子是鬼。彰二嚇得臉色發白，害怕到身體無法動彈，只能面對那個小鬼。

那個小鬼也注視著彰二，一直緊盯著他頭上的角。

看了很長一段時間之後，那個小鬼終於緩緩開了口。

「我叫珂珞，聽說賣中藥的桃公在這裡……哥哥，你有沒有看到他？」

他的聲音很可愛，一點都沒有可怕的感覺。

彰二稍微放心了，鼓起勇氣回答：

「我叫彰、彰二。那、那個……桃公被、被、被綁架了。」

「被綁架了？」

珂珞那一雙大眼睛睜得更大了。

「這座山上應該沒有人會綁架桃公。」

「我沒騙你，有個高大又可怕的老婆婆，把生病的桃公一把抓了起來，不知道帶去哪裡了。」

「那個老婆婆是不是一頭白髮？而且身體很壯碩，肌肉結實飽滿？」

「對，沒錯，還穿了一件黑色和服。」

「哇，這下可慘了。」

珂珞皺起了眉頭。

「那是獅子頭妖婆，是這座山上最可怕的女妖。哇，她為什麼要綁架桃公？難道是想要桃公給她讓皮膚變光滑的藥嗎？」

「感覺不是這樣，因為她還對桃公說『你是我的』。」

「哇，聽起來好可怕。」

「真的超級可怕！」

和珂珞說話的過程中，彰二發現自己的心情慢慢放鬆下來，內心的恐懼也逐漸減少。為什麼會這樣？雖然知道珂珞是小鬼，但感覺自己和他很合得來。可能是因為他頭上的角很小，看起來不像是鬼吧。

珂珞露出好像在思考的表情。

「原來是獅子頭妖婆……不過，如果傳聞說得沒錯，桃公有很多厲害的保鑣，我想應該不會有問題。」

「保鑣？你是說白色壁虎嗎？」

「沒錯沒錯，聽說牠很厲害。」

「應該是吧……」

彰二想起自己剛才被壁虎咬了一口，忍不住皺起眉頭。

話說回來，那隻壁虎不知道什麼時候不見了。既然是保鏢，應該是去追那個女妖救桃公了吧，不過自己接下來該怎麼辦呢？

彰二手足無措的看著珂珞，珂珞也露出同樣的表情看著他。

「彰二，怎麼辦？要等桃公回來嗎？」

「但是我……要趕快拿到桃公的藥才行。」

「什麼藥？」

「要把角……」

彰二急忙把沒有說完的話吞了下去。如果對小鬼珂珞說出「要把角消除的藥」，會有什麼後果？一旦被他發現自己是人類，下場一定會很慘。

他急忙掩飾說：

「總之，我需要桃公的藥，拿到藥之後，我就要回去家人身邊。」

「這樣啊。那就……去妖婆家看看吧，如果有辦法的話，就把桃公救出來，你覺得怎麼樣？」

「……」

彰二差點就要哭出來了。光是想起獅子頭妖婆剛才的模樣，他就忍不住渾身發抖，要去那麼可怕的妖婆家，簡直就是開玩笑。

但是……除此之外，似乎也沒有其他方法了。

彰二渾身顫抖著，終於下定決心點了點頭。

「嗯，就這麼辦，我、我會試試看。」

「你不要露出這麼害怕的表情，我會和你一起去。兩個人一起，總會有辦法解決吧？」

「你、你也要陪我一起去嗎？」

珂珞對感動不已的彰二瞇眼笑了起來。

「嗯，因為我也要向桃公買藥。我們走吧，獅子頭妖婆的家要往這個方向。」

珂珞拔腿跑了起來。他像兔子一樣，動作敏捷的在樹木之間穿梭。

彰二在後面拚命追趕，好幾次都忍不住叫他「等我一下！」或是「你跑慢點！」

每當聽到彰二的請求，珂珞都會停下腳步或跑回來。不過次數多了，珂珞漸漸露出納悶的表情。

「彰二，你有這麼漂亮的角，竟然還跑得這麼慢。」

「是、是你跑太快了。」

「才沒這回事。」

珂珞搖了搖頭，露出很不甘心的表情說：

「我是吊車尾的小鬼。你看，我的角只有這麼一點點，所以哥哥和其他鬼都嘲笑我，說我一定不是鬼，而是人類的小孩，還叫我去人類的世界生活。」

「珂珞……」

「每次聽到他們這麼說，我就很不甘心，但又沒辦法反駁，因為我的角真的很小……就在那個時候，我聽說了桃公的傳聞。」

珂珞的眼睛亮了起來。

「聽說桃公會調配讓角長大的藥，所以我花了一年的時間蒐集水晶鳥的羽毛。我打算用這些羽毛換桃公的藥，這樣就不會再有人看不起我了，你說對不對？」

「嗯，你說得沒錯。」

彰二用力點頭，因為他非常能了解珂珞的心情。

彰二各方面都不如哥哥，所以也總是覺得很不甘心。不管是玩遊戲還是做什麼事，哥哥都嘲笑他「很爛耶」，彰二很希望有一天能讓哥哥澈底認輸。

他在珂珞身上看到了自己的影子，忍不住鼓勵珂珞說：

「絕對沒問題，桃公真的有可以讓角長出來的藥，所以你一定可以有很大的角。」

「真的嗎？不知道可不可以像你一樣有這麼大的角。」

「當然可以，所以我們要努力營救桃公。」

「嗯！」

他們用力握住彼此的手。

之後他們繼續趕路，彰二跟在珂珞身後，突然想到一件事。

等桃公為自己解決角的問題之後，要問問看他有沒有「可以贏過哥哥的藥」，桃公一定也有這種藥才對。

想到這裡，彰二要營救桃公的心情立刻倍增了。

他們在山上走了差不多十分鐘。

突然間，一陣水聲傳進了耳中，那不是小河流的潺潺水聲，而是嘩啦啦的巨大聲響。

那一定是一條大河。彰二這麼想著，然後走出了樹林。

彰二和珂珞來到了一片寬廣的河岸，那裡有很多圓圓的白色石頭，看起來就像是很多雞蛋。

彰二沒有猜錯，眼前的確是一條大河。河流水勢湍急，但是碧綠的河水卻很清澈。

「水！」

彰二突然發現自己口很渴。這也難怪，他跑了那麼久，當然會口渴。

他不顧一切的跑到河邊，用手心掬水啜飲。水像冰一樣冷，彰二咕嚕咕嚕的喝了起來，讓冰涼的水流進乾渴的喉嚨和身體。

太好喝了，清涼的河水比果汁和麥茶更好喝。

彰二喝夠之後，轉頭看著珂珞問：

「珂珞，你不喝嗎？水很冰涼喔。」

「噓！」

珂珞彎下身體，躲在一顆很大的岩石後方，一臉嚴肅的向彰二招手。彰二覺得事情不妙，急忙跑了過去。

彰二和珂珞一樣蹲在岩石後方，小聲的問他：

「怎、怎麼了？」

「你看那裡，那裡就是獅子頭妖婆的家。」

彰二順著珂珞手指的方向看過去，忍不住倒吸了一口氣。

大河對岸有一棵彰二以前從來沒有見過的大樹。那棵樹的樹幹粗得驚人，看起來比兩間倉庫還大，樹皮像雪一樣白，樹上完全沒有樹葉，不過卻長滿了粗大的樹枝，像鹿角一樣糾結在一起。

樹枝上有一個巨大的鳥巢。

果然是山中女妖，不是住在普通的房子或木屋，而是住在鳥巢裡。

彰二不由得感到佩服。

鳥巢下方的樹枝上掛著某種東西，看起來像是一個大竹籃，還有一條像是粉紅色繩子的東西從角落垂了下來。彰二馬上就察覺到，那條繩子就是桃公的鬍子。

他急忙把這個發現告訴珂珞。

「那裡不是掛了一個竹籃嗎？桃公應該就在裡面！」

「在那裡？他為什麼不自己逃走？」

「他可能是被綁著丟在竹籃裡吧？」

「有可能。那我們去解開繩子，把竹籃放下來。」

彰二正準備要點頭，地面就開始搖晃了。

他們兩個都嚇了一跳，彰二的心臟更是加速跳動起來。

這種震動、這種可怕的腳步聲，和剛才妖婆出現時一模一樣。

彰二把身體縮成一團，果然看到獅子頭妖婆從對岸的樹林中走了出來。即使在明亮的河岸看到她，還是覺得她很可怕。

妖婆動作輕盈的爬上白色大樹，探頭看向掛在那裡的竹籃，然後滿意的笑了起來。

「嗯，長得很不錯。變成原木的感覺怎麼樣？現在安眠藥發揮了效用，聽不到也沒辦法回答嗎？嗯，再過幾天，等長得更大之後就可以收成了，我先來去睡個午覺。」

妖婆說完，便轉身飛進了鳥巢。雖然不見妖婆的身影，但過了一會兒卻傳來「嗯轟轟轟，嗯隆隆隆」像是打雷一樣的聲音。

這一定是妖婆發出的鼾聲。

彰二和珂珞互看了一眼。

「珂珞，怎麼辦？」

「只能採取行動了吧？」

「說得也是……」

他們用眼神無聲的交談後，悄悄走近那棵妖婆的樹。

彰二來到樹下抬頭看。樹木很高，就算是到桃公所在的竹籃也有十公尺。他用力吞了一口口水，小聲的對珂珞說：

「我以前從來沒有爬過樹……」

「真的嗎？這還真、真少見啊。」

「……」

「別擔心，我幫你。只要掌握訣竅，爬樹很簡單。」

「嗯，嗯。」

於是，他們倆開始爬樹。

珂珞先爬到樹枝上，然後向站在樹下的彰二伸出手。彰二抓住他的手後，他一下子就把彰二拉了上去，接著又跳向下一根樹枝。因為珂珞是鬼，所以力氣很大，爬起樹來輕而易舉。珂珞說自己是吊車尾的鬼，彰二忍不住心想，鬼真的很可怕。

但是，彰二第一次爬樹的經驗並不壞。看到自己距離地面越來越遠，他感到既害怕又興奮。只要用力抓住樹枝，就能感受到這棵樹的強壯。

希望下次能靠自己的力量爬到這個高度，這樣就有一件事可以在哥哥面前吹噓了。

彰二忍不住這麼想。

總之，他們順利的爬上了樹，最後終於爬到竹籃附近的樹枝上。

首先要確認桃公是不是真的在竹籃裡。他們靠近竹籃，探頭往裡頭看。

「嗚哇！」

「啊！」

兩個人都忍不住小聲叫了出來。

桃公的確在竹籃內，但他的身體被綁住，嘴巴也被封了起來。雖然氣色看起來比被綁架之前好了一些，但他雙眼緊閉，無力的躺在那裡。

但是，這些都不是重點。重點是，桃公全身上下長了很多蕈菇。菇傘是鮮豔的綠色，上面有一顆顆橘色或粉紅色的顆粒，一看就知道是毒菇。綁成麻花辮的粉紅色鬍子，上頭也長滿了亮黃色的小蕈菇。

最猛的就是那兩朵長在額頭兩側的蕈菇，簡直就像是鬼角一樣，分別是黑色和藍色的斑點圖案。

看到眼前驚人的景象，彰二和珂珞都嚇呆了。

彰二突然想起獅子頭妖婆剛才說的話。

獅子頭妖婆剛才有提到「原木」。

「哦，原來是這樣，妖婆要用桃公的身體栽培蕈菇，所以才會綁架他。再這樣下去，桃公身上的養分會被蕈菇吸光，變得乾扁枯竭。」

「慘、慘了……」

彰二回頭看著珂珞。

「我、我們要趁妖婆發現之前，把桃公救出去。」

「但是那些蕈菇呢？要怎麼處理？」

「等一下再處理蕈菇的事，我們先逃離妖婆的魔爪。」

「這、這樣說也有道理。」

珂珞點了點頭。

「那我爬到上面解開繩子，把竹籃放下去。」

「那我該做什麼？」

「你就唱歌吧。」

「什麼？」

「你趕快唱催眠曲，讓獅子頭妖婆繼續睡覺。」

「我唱……催、催眠曲？」

「對，拜託你了。」珂珞說完便繼續往上爬。

彰二感到不知所措。他根本不知道有什麼催眠曲，而且他也不會唱歌。之前去KTV唱歌時，哥哥總說他「五音不全」，在那之後，他就害怕在別人面前唱歌，根本不可能唱催眠曲給妖婆聽。

然而，當他想要這麼跟珂珞說的時候，珂珞已經爬到很高的地方去了。彰二決定繼續觀察，也許自己根本就不需要唱歌。

彰二一直盯著珂珞的身影，並在內心祈禱妖婆能睡得很熟。

珂珞敏捷的在樹枝上跳來跳去，而且幾乎沒有發出任何聲音，實在太厲害了。可是，在他跳到最後一根樹枝上的時候，那根小樹枝斷了，發出了啪吱的聲音。

「嗯嘎！」樹上傳來的鼾聲立刻停止了。

彰二嚇得臉色發白，看來獅子頭妖婆並沒有熟睡。他提心吊膽的看向珂珞，珂珞也臉色蒼白的看著他，然後小嘴無聲的動了幾下。

「趕、快、唱、歌！」

事到如今不唱也不行了。

彰二豁出去的張嘴唱起歌來，他腦中浮現的歌曲，是讀幼兒園時經常唱的〈鬱金香〉。

盛開了、盛開了，美麗的鬱金香。
紅白黃色齊開放，
每一朵都好漂亮。

他用呢喃般的聲音反覆唱了好幾次，終於又聽到了妖婆的鼾聲，似乎是再次睡著了。他看向珂珞，珂珞向他點點頭，示意他繼續唱。

這次，彰二稍微大聲的唱了〈大海〉這首歌。

珂珞隨著彰二的歌聲慢慢爬樹，終於來到綁繩子的地方。珂珞俐落的打開繩結，裝了桃公的竹籃便開始慢慢下降。

不一會兒，竹籃就順利降落到地面了。

「成功了！」

珂珞回到忍不住做出勝利姿勢的彰二身旁。

「我們趕快下去吧。」

「嗯。」

小聲交談過後，彰二便在珂珞的協助下慢慢往下爬。過程中，彰二也不忘繼續唱著歌，這次他唱的是〈橡實咕嚕咕嚕滾啊滾〉。只要樹枝稍微發出一點聲響，妖婆的鼾聲就像快要停止似的，讓他一路上都很緊張。

等他終於回到地面，鬆開珂珞的手，彰二才發自內心的鬆了一口氣。現在他口乾舌燥，滿手都是汗。

雖然想著等一下要再去喝冰涼的河水，但彰二還是先跑去看桃公。

桃公已經醒了，看到跑過來的彰二和珂珞，他驚訝得瞪大了眼睛，搖晃著身體發出呻吟。

「嗚、嗚！」

「噓！桃公，你已經安全了，我們把你從獅子頭妖婆手上救出來了。」

「嗚！嗚嗚！」

「噓！你不要激動。啊，不行，他好像受到驚嚇了。」

「是啊。雖然有點可憐，但現在暫時不能鬆開綁在他身體和嘴巴的繩子。」

「嗯，而且要儘快遠離妖婆的房子。」

「好，那我來把桃公帶回去。」

珂珞輕輕鬆鬆就把裝了桃公的竹籃放在頭頂上。雖然他身材矮小，但能穩穩的把竹籃頂在頭上，彰二覺得他真是太厲害了。

「給我站住！」

就在這時，響起了一陣天搖地動的驚人聲音。

回頭一看，獅子頭妖婆正從樹上跳下來，她氣得滿臉通紅、瞪大眼睛，張大的嘴巴露出了獠牙，完全就是可怕的妖怪。

「嗚哇！」

「啊啊啊！」

妖婆實在太可怕了，把彰二和珂珞都嚇到腿軟。不到一眨眼的工夫，妖婆就衝到了他們面前。

「你們這兩個搗蛋鬼！要把我的病人帶去哪裡！」

妖婆的怒吼聲簡直就像是拳擊手的重擊，聽到這個令人震撼的聲音，彰二覺得自己都快昏過去了。

「完蛋了，我會被她吃掉！唉，早知道會這樣，就乖乖在吊橋旁的商店等家人回來了。嗯？好奇怪。病人？誰是病人？該不會是說桃公吧？」

想到這裡，彰二這次真的昏了過去。

「對不起，對不起。」

彰二聽到道歉的聲音，緩緩醒了過來，才發現自己躺在地上。轉頭一看，身旁的珂珞跪坐在那裡整個人縮成一團，不停的道歉。

桃公坐在珂珞面前，他身上的蕈菇完全消失了，氣色也變得很好，而且滿臉笑容。

「沒事喲，你並沒有惡意。這件事那個妖婆也有錯喲，用那種方式把我帶走，當然會引起誤會喲。」

「你真的沒問題了嗎？」

「沒問題、沒問題，多虧妖婆的治療消除了我身上的毒素，我現在渾身充滿活力，可以一口氣衝上富士山的山頂喲。」

「治療？多虧妖婆？這是怎麼回事？」

彰二整個人醒了過來，跳起來問：

「治、治療是怎麼回事？」

「啊，彰二。」

「你醒了啊，感覺怎麼樣喲？」

「糟透了！我完全搞不清楚現在是什麼狀況，桃公，請你說明一下這是怎麼回事！」

桃公按照時間的先後順序，向大叫的彰二說明——

一、獅子頭妖婆是桃公的主治醫生。

二、桃公不是被當成原木，而是妖婆利用蕈菇吸收他體內累積的毒素。

三、如果治療還沒完成就停止，桃公百分之百會沒命。

聽了這些說明，彰二驚訝得目瞪口呆，而且獅子頭妖婆竟然是醫生，這點更讓彰二覺得不可思議，情不自禁的看向珂珞。

「珂珞……你知道妖婆是醫生嗎？」

「當然知道啊。」

「那你為什麼不告訴我！」

「我以為你也知道啊，」珂珞急忙辯解，「而且你不是說，妖婆對桃公說『你是我的』嗎？聽到這句話，我還以為妖婆把桃公當成了獵物。」

「嗯，這件事是妖婆的錯喲，」桃公插嘴說：「不過我也有錯。原本我是打算更早去找妖婆的，但是事情一忙就一拖再拖喲。妖婆是一流的醫生，所以很擔心我的狀況。她說『你是我的』這句話，意思是我是她的病人，就該乖乖聽她的話。」

「原、原來是這樣……」

「嗯，她剛才也痛罵了我一頓喲，說我讓身體累積了這麼多毒素，到底在想什麼。啊，她太可怕了，壽命都縮短了喲。」

彰二小聲的問身體不停顫抖的桃公：

「你那時候的狀況那麼危險嗎？」

「嗯，真的很危險喲。」

「你中的毒……是什麼毒？」

「各種毒。」

「各種毒？」

「對。我不是在賣中藥嗎？所以會去找各種毒，也會蒐集這些毒。每次發現新的毒，我就會吃一點讓身體吸收喲。」

「為、為什麼……要做這麼危險的事？」

「這真的很危險，小朋友千萬不要學。」

「就算有人求我，我也絕對不會吃毒。」

彰二露出嚇壞了的表情，珂珞則探出身體問：

「你為什麼要做這種事？」

「當然是為了做藥喲。蕈菇不是吸收了我身體裡各種各樣的毒素嗎？這樣一來，那些蕈菇就可以成為很有效的消毒藥喲。」

「所、所以那些長在你身上的蕈菇……」

「沒錯，那叫做『千毒消散茸』，是很寶貴的藥材。可惜妖婆要拿走一半，作為幫我看病的治療費喲。」

桃公一臉不甘心的搖晃著鬍子。

彰二和珂珞露出害怕的表情互看對方。雖然說是為了蒐集藥材，但竟然把各種毒吃下肚，桃公實在是太奇怪了。不過最可怕的是他們沒有搞清楚狀況，差點就要害桃公送命了。

彰二忍不住鞠躬道歉。

「呃，對不起……我不知道你那時候是在接受治療。」

「嗯，這件事已經沒關係了喲。」桃公笑著說：「你們想要救我，這份心意太令人高興了。我現在有了千毒消散茸，身上的毒素也消除乾淨，心情好得不得了，所以我決定為你們各調配一帖想要的中藥，而且是免費奉送。彰二，我知道你想要什麼。珂珞呢？你想要什麼藥喲？」

「太好了！」

珂珞跳了起來，臉也漲得通紅。

「那、那個……我、我、我要可以讓角變大的藥！」

「哎呀，沒想到偏偏是……」

桃公露出為難的表情，在瞥了彰二一眼之後，滿臉歉意的對珂珞說：

「不瞞你說……那種藥剛好賣完了，即使我想調配也沒有藥材……要不要等下次呢？」

看到珂珞的眼中帶著淚水，彰二的內心不由得隱隱作痛。

彰二知道珂珞有多麼想要自己的角變長，但是自己偏偏吃掉了最後的鬼角丸。如果自己沒有闖進這座山，珂珞就可以得到他想要的東西。啊啊，如果可以把自己額頭上的角給珂珞就好了。

彰二突然靈機一動。

「桃公！能不能把我的角拿下來，然後黏在珂珞的頭上？但是不能只是黏上去，有沒有什麼藥可以讓這個角永遠不會掉下來？」

桃公聽了彰二的話，頓時雙眼發亮。

「這真是個好主意喲。」

「有這種藥嗎？」

「有喲！我馬上來找喲。啊，彰二，你先把這個吃下去，這是讓角掉下來的鹿落丸。」

「好。」

彰二伸手準備接過藥，珂珞卻急忙衝了過來。

「不、不行啦！這樣你就沒有角了，那不是很醜嗎！」

「沒關係，其、其實我要去人類的世界，這麼長的角很礙事，原本就是想請桃公幫我把角拿下來。而且……既然我不要了，當然很希望這個角能給朋友用。」

「朋、朋友……」

「嗯，我覺得你是我的朋友……你呢？」

「彰二……」

珂珞的眼淚在眼眶中打轉，彰二看著他，把鹿落丸放進嘴裡吞了下去。他立刻感覺到一股青草的香氣在全身擴散，額頭上的角也應聲掉了下來。

彰二急忙摸了摸自己的額頭。他的額頭和之前一樣光滑，沒有結痂，也沒有凹了一塊。

終於恢復原來的模樣，讓彰二鬆了一口氣。他撿起掉在地上的角，交給珂珞說：

「給你，這個角是你的了。」

「彰二，謝謝、謝謝你！真的太感謝你了。」

珂珞把角緊緊抱在胸前，感動不已的說。

剛才在木箱裡翻找東西的桃公走到他們面前，手上拿了一個小瓶子和一枝毛筆。

「這就是你想要的桃公特製溼布喲，藥名就叫『草生毛生溼布』。這種藥就像青草生根一樣，能讓東西很自然的黏在皮膚上。通常是用在為頭頂稀疏的人黏頭髮，但我相信黏鬼角也完全沒問題喲。」

桃公說完，便用毛筆沾了一下藥劑，把藥抹在珂珞額頭的中央，然後把彰二掉下來的角，用力黏在剛才抹了藥的位置。

過了一會兒桃公才把手鬆開，但是鬼角沒有掉下來，而是牢牢黏在珂珞的額頭上。

現在珂珞變成了有三個角的小鬼。

「珂珞，你看起來超帥！」

「謝謝、謝謝謝你！真的太感謝你了！」

珂珞興奮得又蹦又跳，彰二看了也跟著高興起來。

他們三個人一起緩緩走下山，突然看到前方有一座很大的橋，那是一座塗成紅色的木頭橋。

珂珞停下腳步說：

「我不能再過去了……就在這裡向你說再見。」

珂珞露出寂寞的表情，注視著彰二。

「珂珞……」

「我覺得以後還會再見到你。雖然暫時沒辦法見面，但我相信以後一定可以再見，所以我會好好珍惜這個角，每天都用山茶花油擦拭，把它擦得亮晶晶，也會每天想起你。」

珂珞的眼眶含著淚水，一口氣說完這些話，彰二看著他也感到一陣鼻酸。

「你、你不用這麼誇張啦……那就改天再見了。」

「好，我們下次再見，真的很謝謝你。桃公，也謝謝你的幫忙。」

「別客氣，我也要謝謝你喲。彰二，我們走吧。」

「好……」

走在橋上時，彰二頻頻回頭，每次回頭都會看到珂珞在向他揮手。

不過珂珞的身影逐漸消失，突然眼前瀰漫起一陣白霧，帶走了所有的聲音，四周安靜得有點可怕。

彰二不由得害怕起來，這時，桃公握住了他的手。

「別害怕，不要停下腳步喲。你過橋的時候，就專心想著要回家人身邊這件事喲。」

「嗯、嗯。我覺得很不妙，我家人現在一定緊張死了。」

已經過了很長一段時間，家人發現彰二失蹤後，很可能去報驚了。

桃公搖了搖頭說：

「不用擔心喲，人類世界和這裡時間流逝的方式有點不一樣。」

「時間流逝的方式不一樣？」

「你很快就知道了喲。你看，你已經回來這裡了。」

彰二看向前方，頓時大吃一驚。

霧氣逐漸散開，隱隱約約可以看到人影。前方有很多人，隨著他每向前走一步，那些人影就越來越清晰。

當霧全都散開的時候，彰二就站在吊橋旁的商店門口。

他驚訝的轉頭看向身旁，才發現桃公已經不見蹤影，但是他的家人正從吊橋上走過來。彰二看到哥哥不懷好意的笑容，突然想起了一件事。

「慘了，忘了問桃公有沒有可以贏過哥哥的藥！」

雖然有點懊惱，但是彰二聳了聳肩膀。

沒關係，以後一定還會再見到桃公，到時候再問好了。

「而且……我已經收到了禮物。」

彰二打開右手握緊的拳頭，他的手上有一顆光亮的大橡實。

那是珂珞送他的禮物，說是要謝謝自己把角送給他。

把這顆橡實種在院子裡，以後可能會長成很大的樹。到時候，也許有一天會看到珂珞掛在樹枝上，笑著對他說：「彰二，我來找你玩了。」

他小心翼翼的把珂珞送的橡實放進口袋，轉身跑向家人。

桃公心滿意足的嘆了一口氣。他剛才吃了很多好吃的雞肉天婦羅，吃得肚子都撐大了。

「啊，真不愧是這裡的特產。栽培完『千毒消散茸』，我的肚子都餓扁了，所以覺得更加好吃。」

桃公用牙籤剔著牙，心情愉快的走在鄉間道路上。這時，有個白色的東西從後面追了上來。不用說也知道，那就是壁虎青箕。青箕跳到桃公的肩膀上，尖聲叫了起來。

「啾！啾啾！啾嗚嗚！」

「哇，嚇我一大跳，原來是青箕啊。什麼？你說我有福不找你同享？一個人去吃好料？就算我想找你一起去，你也不在喲。你剛才去哪裡了？」

青箕聽了桃公的反駁，立刻低下頭。

「啾、啾嗚。」

「啊？你想應該沒你的事，所以去泡溫泉了！真是讓人難以相信，你、你這也算是保鏢嗎？」

「啾？」

「我不想理你喲！我要暫時和你絕交喲！」

「啾！」

桃公和青箕都生氣的把頭轉到一邊。

桃公的中藥處方箋之2

鬼角丸

用法及用量

服用一顆藥丸。

作用與功效

可以馬上長出漂亮的角。

使用注意事項

長出來的角無法輕易消除。服藥之前要仔細想清楚，是否願意讓角一直長在額頭上。

鹿落丸

用法及用量

服用一顆藥丸。

作用與功效

可以讓不需要的角從額頭上掉落。

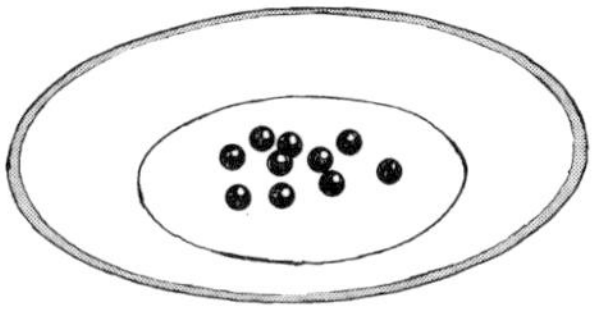

使用注意事項

服用藥丸之後，角會馬上掉下來，因為外形和鬼角丸很像，要小心不要吃錯藥。

草生毛生溼布

用法及用量

用毛筆沾取藥劑，抹在想要黏東西的部位。

作用與功效

任何東西都可以黏在身上，成為身體的一部分。

使用注意事項

因為可以黏任何東西，所以千萬不要搞錯抹藥的地方。

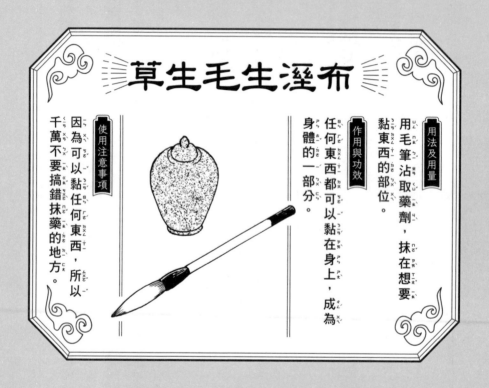

第3章 桃公的祕密之一

我叫青箕，是高貴的十二神之一，也是掌管辰年的年神。

我貴為年神境遇卻很悲慘，平時都被那個可惡的老頭桃仙翁使喚，叫我做各種根本不應該由年神來做的工作。

而且，他竟然讓我在人類的世界以青白色壁虎的外形現身！當我以人類的模樣現身時，大家都稱讚我是十二神中最英俊瀟灑的神；當我以龍的外形出現時，鱗片會閃爍著光芒，所以有著「星晶君」的雅號。

結果他偏偏要我變成壁虎！這簡直是奇恥大辱。

這全都要怪桃仙翁。他根本沒有和我商量，就擅自決定了我在人類世界的外形，還說什麼「我不知道在海馬和壁虎中該選哪一個，但我覺得壁虎比較不引人注目，所以青箕就當壁虎。好，就這麼決定了！」可惡，真是太讓人生氣了！

對了對了，上次那個老頭也把我害慘了。

很多人都不知道，桃仙翁的祕密就在於他的鬍子，他可以透過鬍子感應到珍貴的藥材在哪裡。說起來，有點像是動物的觸角。桃仙翁每天都憑藉鬍子的感覺，說著「今天要不要去那裡看看？」之類的話，決定要前往的地點。

就是基於這個原因，桃仙翁才會把鬍子留得那麼長。不過有個問題，就是他從來都不自己保養鬍子。

你一定會問保養很重要嗎？

當然重要啊。鬍子比頭髮更容易糾結在一起，而且越長越麻煩。

桃仙翁的鬍子必須每天梳理，而且為了避免影響觸角的功能，還要搽上香氣十足的桃油，最後再綁成麻花辮以免礙事。但是那個老頭很懶，說什麼「我不會喲」，就把這件事丟給我們年神處理。

桃仙翁的鬍子是由十二神之一——掌管鼠年的颯乃負責梳

理、保養。

颯乃心地善良、手腳靈巧，而且很愛乾淨，每天晚上都會為那個老頭保養鬍子，從來不嫌麻煩。但是那個老頭竟然在颯乃為他保養鬍子時呼呼大睡，簡直可惡到了極點。

不過颯乃今年沒辦法做這件事了，我相信你們應該也知道原因吧？

沒錯，今年輪到子年，是颯乃掌管的年。

颯乃為了完成年神的工作，離開了桃源鄉，出發前往年神寶座所在的日月宮，要到一年後才會回來。

沒想到，颯乃竟然把為桃仙翁保養鬍子的任務託付給我。任何人都不能拒絕當年年神的要求，所以我再怎麼不甘願，也只好接下這個任務。

這件事真的麻煩透頂。

首先，要把鬍子麻花辮解開用熱水洗乾淨，然後再抹上充足的桃油用梳子梳理。如果鬍子打結，老頭就會抱怨「好痛喲！」讓人聽了很火大。

最後還要再綁成麻花辮，但是那些鬍子也和老頭一樣不聽話，一下子往這裡扭，一下子往那裡拐，遲遲無法綁好。我實在太佩服颯乃了，竟然可以持續做這麼多年的這種麻煩事。

因為是受颯乃之託，而且是約定，所以我也努力做好這件事。

但是！但是！

你們猜，有一天那老頭說了什麼？他竟然胡說：「和颯乃相比，青箕做事很馬虎，我的鬍子也毛毛躁躁的，最近好像有點失靈了！」

所以我火冒三丈的和桃仙翁大吵一架！

「我不管了！我再也不幫你保養鬍子了！」

撂下狠話之後，我就逃進了木箱中的桃源鄉。我決定賭氣去睡覺，在他哭著哀求我之前絕不離開木箱。其他年神很擔心我和他之間的關係，紛紛跑來勸我，但我全都充耳不聞。

令人高興的是，桃仙翁在那天之後就沒叫我了，他似乎對有人說他是「個性古怪又懶惰的老頭」很不高興。

所以接連數日都詭異的安靜。

不過差不多就是從那個時候開始，我變得經常做惡夢，夢見自己被桃仙翁烤成焦黑的壁虎。這種令人極其不愉快的夢，總是一次又一次的反覆出現。

我不經意的打聽了一下，發現其他年神也常做惡夢。

我覺得其中必有蹊蹺，因為再怎麼巧合，也不可能所有的年神都做惡夢。

其他年神央求我離開桃源鄉，去找桃仙翁要可以趕走惡夢的藥——貘水。因為在桃源鄉，只有能在天上飛的我，才有辦法自己離開這裡。

既然是受朋友之託，我也只能去找他了。

我無可奈何的離開了桃源鄉。

但是當我走出木箱，卻驚訝得目瞪口呆。

那時剛好是晚上，桃仙翁正躺在木箱旁邊睡覺。

他的鬍子是怎麼回事！

毛髮全都亂成一團，而且膨脹了好幾倍，裡面有許多髒兮兮的垃圾跟莫名其妙的魔蟲和黑影，變成了超級可怕的東西。

我從沒看過這麼可怕的東西。

我忍不住變身為龍飛到天上，召喚雷雲朝他動來動去的髒鬍子打了一個特大的雷。

雷電變成和我一模一樣的龍形，精準的擊中了桃仙翁的鬍子，把原本躲在他鬍子裡的東西全都燒焦了。

但是事情還沒結束。

我立刻把桃仙翁丟向空中，用瀑布般的雨水把他洗乾淨。這是我最擅長的特技——瀧壺落。看到他的鬍子被雨水沖洗得越來越乾淨，內心真是有說不出的痛快。

最後當然要用龍捲風來結尾。我把桃仙翁丟進龍捲風的漩渦中，讓他在漩渦裡打轉，把他身上所有的水氣都吹乾。

等龍捲風停止後，我忍不住想要翻白眼，因為桃仙翁竟然還在呼呼大睡。他真是太遲鈍了，遭受我的雷鳴、暴雨和龍捲風攻擊，竟然還可以睡成這樣。

這樣沒辦法保養鬍子，於是我決定把他的鬍子梳好，然後綁成辮子。雖然他的鬍子變乾淨了，但是毛髮簡直就像爆炸一樣，整個炸開，而且都打結了。

我用梳子梳鬍子時，桃仙翁突然醒了。

「好痛好痛，不要拉我的鬍子！咦？青箕？怎麼了、怎麼了？發生什麼事了？」

聽到他若無其事的說這種話，我對他大喝一聲。

「你竟然不整理自己的鬍子，讓夢魔跑進去是怎麼回事！」

沒錯，我們之所以會做惡夢，都是因為夢魔躲進他的鬍子裡。

他似乎有稍微自我反省了，之後也不再挑剔我為他保養鬍子的方式，即使稍微拉扯一下，他也不再鬼吼鬼叫了。

對，沒錯，在那天之後，又是由我負責為他保養鬍子。我不希望再發生上次那種事，而且只要撐到颯乃回來就好了。

唉，我真是人太好了。

我先聲明，並不是因為他之前拿沙丁魚給我，說什麼：「這代表我的歉意。」我就被他收買了。雖然沙丁魚真的很好吃。

透過這件事，我充分了解一個道理——他沒有我實在不行。

只要稍不留神，不知道他會闖出什麼禍。哼。

後記

你們聽我說，我又遇到那個奇怪的爺爺了，就是上次說的那個有粉紅色鬍子的爺爺！

我在車站看到他，後來他搭上電車離開了，不知道還會不會回來這個城市？如果下次再看到他，我想和他打招呼。

爺爺你好，你為什麼把壁虎放在肩上呢？那個木箱裡裝著什麼東西呢？

推薦文

虛實之間的閱讀轉換，鍛鍊閱讀肌肉

◎文／高毓屏（北市龍安國小閱推教師、教育部閱讀推手）

要讓孩子愛上閱讀，選對開胃菜是很重要的關鍵。童書界的暢銷作家廣嶋玲子，以一貫絕妙的奇幻風格，緊緊抓住孩子們閱讀的胃口，作品情節張力十足，人物活靈活現，總能帶給讀者身歷其境的閱讀感受。

《怪奇漢方桃印》延續奇幻與冒險的敘寫手法，再次引領讀者造訪異世界，看黑暗、光明、邪惡與正義的力量如何相互牽扯，描述人性的同時，也映照出各篇主角們內心的衝突，並將友情、親情、真理、勇氣、嫉妒、告白與內省細膩融合在虛實轉換之間，讓讀者彷彿進入虛擬與幻想的世界，卻又一次次沉澱於現實生活的自我省思裡。

奇幻並非全然都是虛構的，有時候召喚出來的反而是人們內心的表徵。故事裡的桃公現身看似偶然相遇，但是當他聽到無助的請求時，卻又會直擊出現在主角面前；而桃公的地位宛若中藥聖手、救世仙翁，卻也蘊藏人性真實的一面，不但貪吃貪睡，也會犯錯、耍性子，有時還會犯糊塗或是小偷懶，甚至需要他人出手解救。作者虛實轉換的手法不只應用在故事情節上，人物的敘寫更是「接地氣」，虛幻中也呈現真實，懇切樸實的形塑桃仙翁的性格，這樣貫穿文本的銜接方式，反而能夠獲得孩子對角色的認同。

加上作者分別在不同篇章，以倒敘、順敘、插敘、補敘等各種時序變化，陳述一件件主角們與桃公相遇、相識、交易與患難的情節。對於閱讀經驗較少的小讀者來說，在閱讀理解上或許有些吃力，加上中日文化上的差異，部分詞彙的辨識會有些難度。因此，要培養孩子長文的閱讀能力，最好的方式就是先挑選適讀的章節，引導孩子一邊閱讀，一邊自繪閱讀筆記，以故事架構圖或人物關係圖的方式，讀懂情節的因果關係，當孩子逐步掌握故事的情境脈絡後，會慢慢感受到奇幻故事的獨特魔力，自主閱讀的意願也將大幅提升。

此外，廣嶋玲子對兒童的心理特徵與生活情境瞭若指掌，題材的選擇皆以孩子為中心，採兒童的視角解讀各種難題，因此情節的敘寫皆以兒童的觀點出發，是非善惡的選擇也真實呈現出孩子的「真性情」。不論是召喚神靈的美穗或是調皮貪玩導致嚴重後果的良樹，都帶給讀者道德與良知上的衝擊，比起教科書的說教形式，故事裡的「情境題」反而更能引發「閱讀話題」，提供親子伴讀或團體共讀深度對話的更多可能性。

兒童讀物要受到讀者長期的追隨與青睞，除了扣人心弦的故事情節，幽默感和趣味性更是不可少的元素之一，廣嶋玲子的作品總是能夠走進孩子的內心，點燃笑點，讓小讀者深深著迷。《怪奇漢方桃印》裡的怪奇中藥處方箋與十二生肖青箕神，就肩負畫龍點睛的串場重任，在情節高潮起伏與百轉千迴之際「閃現」，令人拍案叫絕。需要來一帖解決疑難雜症的桃記中藥嗎？打開書本先與桃仙翁相遇吧！

怪奇漢方桃印2
要不要來一份相親相愛香？

作　　者｜廣嶋玲子
插　　圖｜田中相
譯　　者｜王蘊潔

責任編輯｜楊琇珊
特約編輯｜葉依慈
封面設計｜陳宛妤
電腦排版｜中原造像股份有限公司
行銷企劃｜葉怡伶、林思妤

天下雜誌創辦人｜殷允芃
董事長兼執行長｜何琦瑜
兒童產品事業群
副總經理｜林彥傑
總 編 輯｜林欣靜
主　　編｜李幼婷
版權主任｜何晨瑋、黃微真

出 版 者｜親子天下股份有限公司
地　　址｜台北市104建國北路一段96號4樓
電　　話｜（02）2509-2800　傳真｜（02）2509-2462
網　　址｜www.parenting.com.tw
讀者服務專線｜（02）2662-0332　週一～週五：09:00~17:30
讀者服務傳真｜（02）2662-6048
客服信箱｜bill@cw.com.tw
法律顧問｜台英國際商務法律事務所．羅明通律師
製版印刷｜中原造像股份有限公司
總 經 銷｜大和圖書有限公司　電話：（02）8990-2588

出版日期｜2022年11月第一版第一次印行
定　　價｜320元
書　　號｜BKKCJ091P
ISBN｜978-626-305-351-9（平裝）

訂購服務
親子天下 Shopping｜shopping.parenting.com.tw
海外．大量訂購｜parenting@cw.com.tw
書香花園｜台北市建國北路二段6巷11號　電話（02）2506-1635
劃撥帳號｜50331356　親子天下股份有限公司

立即購買＞

有聲故事書

國家圖書館出版品預行編目資料

怪奇漢方桃印2：要不要來一份相親相愛香？／
廣嶋玲子 文；田中相 圖；王蘊潔 譯. -- 初版. -- 臺
北市：親子天下股份有限公司, 2022.11
200面；17X21公分. --（樂讀456系列；91）

ISBN 978-626-305-351-9（平裝）

861.596　　111016570

答案　你找到了幾隻雞呢？
0 隻，再接再勵！ 1 隻，表現不錯！
2 隻，真厲害！ 3 隻，你是天才！